AF314105

HELLAS

DRAME LYRIQUE DE SHELLEY

Traduction

DE

TOLA DORIAN

PARIS

ALPHONSE LEMERRE, ÉDITEUR

27-31, PASSAGE CHOISEUL, 27-31

1884

HELLAS

DU MÊME AUTEUR :

ODE À LA STATUE DE VICTOR HUGO, de Swinburne. Traduction en vers, précédée d'une lettre de Swinburne.

LES CENCI, drame de Shelley. Traduction en prose. Préface de Swinburne.

En préparation :

LE PROMÉTHÉE DÉLIVRÉ, de Shelley. Traduction en prose.

POÈMES LYRIQUES. (Un volume.)

LES AMOURS SÉVÈRES, poésies. (Un volume.)

HELLAS

DRAME LYRIQUE DE SHELLEY

Traduction

DE

TOLA DORIAN

PARIS

ALPHONSE LEMERRE, ÉDITEUR

27-31, PASSAGE CHOISEUL, 27-31

1884

PERSONNAGES DU DRAME

MAHMOUD.
HASSAN.
DAOUD.
AHASVÉRUS.

CHŒUR DE FEMMES GRECQUES CAPTIVES.
LE FANTÔME DE MAHOMET II.
MESSAGERS. — ESCLAVES. — SUIVANTS.

La scène est à Constantinople, au coucher du soleil.

HELLAS

UNE TERRASSE DANS LE SÉRAIL

MAHMOUD, *dormant*; UNE ESCLAVE INDIENNE
assise près de sa couche.

CHŒUR DE FEMMES GRECQUES CAPTIVES.

Nous semons de fleurs opiacées
Ton oreiller sans repos :
Elles furent arrachées aux jardins de l'Orient,
Près des flots de la mer Indienne.

HELLAS

Dors d'un sommeil
Calme et profond
Comme ceux qui tombèrent,—et non nous qui pleurons.

L'Esclave indienne.

Fuyez, rêves sans beauté !
Fuyez, fausses visions du sommeil !
Que le sien soit tel que le ciel semble être ;
Limpide, rayonnant, profond !
Doux comme l'amour, calme comme la mort,
Suave comme une nuit d'été sans brises.

Chœur.

Dors ! dors ! Notre chant porte en lui
L'âme même du repos.
Il fut chanté par une vierge samienne
Dont l'amant fut du nombre de ceux

Qui gardent à cette heure
Ce placide sommeil
D'où nul ne se peut éveiller, où nul jamais ne pleurera.

L'Esclave indienne.

Je touche tes tempes pâles,
Je souffle mon âme sur toi!
Et si mes prières prévalaient,
Toute ma joie serait
Morte, je ne vivrais que pour pleurer,
Afin de te gagner une heure de calme oubli!

Chœur.

Soupirez bien bas, bien bas,
Le charme de la magique Maîtresse!
A l'heure où la Conscience endort son serpent repu.

A l'heure où les tyrans reposent,... que la Liberté se réveille !
Soupirez bien bas, bien bas,
Les mots qui couleront comme un feu secret
Dans les veines glacées de la terre. — Bien bas, bien bas !

PREMIER DEMI-CHŒUR.

La Vie peut changer, non s'évanouir.
L'Espoir peut nous quitter, mais il est immortel ;
La Vérité s'obscurcir, quoique brûlant sans fin ;
L'Amour être repoussé,... mais il revient toujours.

SECOND DEMI-CHŒUR.

Et pourtant la Vie ne serait qu'un charnier
Où l'Espoir serait enseveli avec le Désespoir,
La Vérité ne serait qu'un auguste mensonge,
L'Amour ne serait que luxure...

PREMIER DEMI-CHŒUR.

Si la Liberté
A la Vie ne prêtait son âme de lumière,
A l'Espoir le prisme de ses délices,
A la Vérité sa robe de prophète,
A l'Amour sa force de patience et de largesses.

CHŒUR.

Dans l'immense matin du monde
L'Esprit de Dieu déploya puissamment
La Liberté sur le chaos comme un étendard,
   Et tous les despotes par bandes s'enfuirent,
Pareils à des vautours chassés de l'Imaüs
   Devant les pas pesants d'un tremblement de terre.
Ainsi de l'aube orageuse des Temps,
La splendeur de la Liberté éclata rayonnante :
Les Thermopyles et Marathon,

Tels que des sommets porteurs de fanaux, s'allumèrent
    A sa flamme bondissante. La Gloire ailée
Vint s'abattre à demi sur les plaines de Philippes,
    Comme un aigle sur un promontoire.
Elle a pu de ses ailes infatigables attiser
Les cendres jamais éteintes de Milan.
    D'âge en âge, d'un homme à l'autre,
Elle vivait ! elle embrasait de plage en plage
Florence, Albion, l'Helvétie.
La nuit tomba plus tard et, hors de cette nuit
Reprenant son vol enflammé,
La Liberté, rapide, vint de l'Ouest,
    Contre le cours du Ciel et des Destins ;
Second soleil revêtu de flamme,
    Pour brûler, allumer, éclairer.
De l'Atlantide lointaine ses jeunes rayons
Ont chassé les ombres et les rêves.
Avec toutes ses vapeurs sanglantes, la France
L'obscurcit, mais n'a pu l'éteindre : de nouveau,
A travers les nues pleuvent ses longs traits de gloire,

Depuis l'extrême Germanie jusqu'à l'Espagne.
Comme un aigle nourri d'aurore
Dédaigne le défi de la tempête massée,
Alors qu'il regagne son aire pendue
Aux cheveux du cèdre des monts,
Et que sa couvée attend la clangueur
    De ses ailes à travers l'air sauvage,
Tout angoissée par la faim, — telle la Liberté,
A tout ce qui survit de la Grèce aujourd'hui
Revient, et les ruines caduques s'empourprent
Comme des pics étincelants perdus dans les clartés.
    A l'ombre sûre de ses ailes
Ses nourrissons jouent plus robustes,
    Et dans les éclairs nus
De la vérité étanchent leurs yeux éblouis.
Que la Liberté derrière elle, partout où passe son vol,
Laisse un désert ou un Éden!
Que tout ce qui est beau, que tout ce qui est brave
Partage sa gloire ou la tombe!

PREMIER DEMI-CHŒUR.

Des dons de la joie
La Grèce a jonché ton berceau.

SECOND DEMI-CHŒUR.

Des larmes de la douleur
La Grèce arrosa ton suaire.

PREMIER DEMI-CHŒUR.

Avec l'âme d'un orphelin
Elle suivit ton cercueil à travers les Temps.

SECOND DEMI-CHŒUR.

Et à ta résurrection
Reparaît comme toi sublime.

Premier demi-chœur.

Si le ciel te reconquiert,
Au ciel son esprit te suivra.

Second demi-chœur.

Si l'enfer t'engloutit,
Dans l'enfer descendront ses cœurs hauts.

Premier demi-chœur.

Mais si l'annihilation...

Second demi-chœur.

Qu'en poussière alors tombe sa gloire !
Que nation et nom même,
Tout s'efface, Liberté, avec toi !

L'Esclave indienne.

Son front s'assombrit. — Ne respirez pas, ne remuez pas !
Il tressaille, il frémit. Vous qui n'aimez point,
Par vos souffles pantelants et forts
Vous l'avez réveillé enfin.

Mahmoud, *s'éveillant brusquement.*

Armez la garde du sérail ! barricadez les portes !
Quoi ! après une canonnade de trois courtes heures ?...
C'est faux !... Cette brèche du côté du Bosphore
Ne peut être déjà praticable ! Qui bouge ?
A vos mèches ! afin, quand l'ennemi l'emportera,
Qu'une étincelle mêle en des cendres réconciliées
Le vainqueur avec les vaincus ! qu'elle fasse crouler la tour
Dans le béant abîme, — tordant et arrachant le toit.

(Entre Hassan.)

                    Ha! quoi?
La vérité du jour éclate sur mon rêve,
Et je suis Mahmoud encore.

                HASSAN.

                Votre Sublime Hautesse
Est émue étrangement.

                MAHMOUD.

Etranges, en effet, sont les ombres que les temps parfois projettent
Sur les premiers au péril comme à la gloire,
Pour les sauver de la marée cruelle! — et présentement il en est ainsi.
A trois reprises une sombre vision m'a pourchassé

Hors du sommeil jusqu'à l'aube troublée ;
Elle m'ébranle comme la tempête ébranle la mer,
Ne laissant nulle image sur le miroir du souvenir.
Ah ! si c'était... Il n'importe. Tu m'as dit connaître
Un Juif dont l'esprit est une chronique
De singulières, mystérieuses choses oubliées.
Je t'ai commandé de l'appeler. Les gens de sa tribu, dit-on,
Rêvent, et sont de sages interprètes des rêves.

HASSAN.

Le Juif de qui j'ai parlé est vieux, — si vieux
Qu'il semble avoir survécu à la dissolution d'un monde.
Les montagnes grisonnantes et l'Océan ridé
Semblent plus jeunes que lui. — Ses cheveux et sa barbe
Sont plus blancs que la neige vannée par l'orage ;
Ses membres pâles et froids, ses artères sans pulsations
Paraissent les fibres d'une nue vibrante
De lumière, et sont à l'âme qui l'anime
Ce que les atomes des avalanches sont

Aux souffles hibernaux ; mais ce qui regarde par son œil,
C'est une existence d'inextinguible pensée perçant
Le présent, le passé et ce qui doit venir.
Quelques-uns voient en lui l'homme que le grand prophète
Jésus, fils de Joseph, pour sa raillerie
Maudit par la raillerie de l'immortalité.
D'autres avancent qu'il est Énoch : d'autres encore rêvent
Qu'il est préadamite et qu'il a survécu
A des cycles de genèses et de destructions.
Le sage, en vérité, par d'affreuses abstinences
Et des pénitences dominatrices de sa chair rebelle,
Par de profondes contemplations, par une étude infatigable
Durant des années prolongées au delà des dates de l'homme,
A pu atteindre à l'empire et à l'entente
De ces secrètes et puissantes choses et de ces pensées
Que beaucoup redoutent et ne connaissent pas.

MAHMOUD.

Je voudrais parler

A ce vieux Juif.

HASSAN.

Ta volonté déjà

Lui est connue, là où il demeure, dans une caverne près de la mer,

Mêlé aux esprits démoniaques et moins accessible

Que toi ou que Dieu! Celui qui désire le questionner

Doit faire voile seul au coucher du soleil, vers l'endroit où le flot

S'endort autour d'îles aux plages sans écume,

Alors que la jeune lune est bercée à l'occident, comme en cet instant même,

Et que les brises vespérales sont errantes sur l'Océan.

Puis, à l'heure où les pins de cette île que paissent les abeilles,

La verte Erébinthe, — éteignent l'ombre fulgurante

Que traîne sous les eaux de saphir la proue d'or qu'il monte,

— Le pilote solitaire doit s'écrier d'une voix forte :

« Ahasvérus! » Et les cavernes d'alentour

Répondront : « Ahasvérus ! » — Si sa prière
Est exaucée, un météore pâle s'élèvera,
Le guidant sur Marmora ; et un souffle large
Sortira hors de la soupirante forêt de pins,
Portant un orage d'harmonie
Ineffablement suave, qui le conduira
A travers le doux crépuscule jusqu'au Bosphore :
C'est là qu'au moment, à la place et dans les conditions
Les plus propres à l'objet de leur entretien,
Le Juif apparaît. Peu se risquent à chercher — et de ceux qui l'osent peu
Obtiennent — l'audience désirée...

(Un cri dehors.)

Mais ce cri

Présage...

MAHMOUD.

Le mal, sans doute ! — comme tous les sons humains.
Que ne puis-je parler à de purs esprits !

HASSAN.

Ce cri encore !

MAHMOUD.

Donc, ce Juif que tu as mandé…

HASSAN.

Sera ici…

MAHMOUD.

Quand l'Heure omnipotente — à qui nous sommes attelés,
Lui, moi, toutes choses, — l'y amènera. Assez !
Fais taire ces mutinés, équipage ivre
Qui s'ameute autour du pilote pendant la tempête.
Oui, raccourcis le chef d'une longueur de tête.
Ils me lassent, et j'ai besoin de quiétude.

Les rois sont pareils à des astres : ils se lèvent et ils se couchent ;
Ils ont l'adoration du monde, ils n'ont pas le repos.

(Ils sortent.)

CHŒUR.

Les mondes sur les mondes roulent éternellement
De la création à la décrépitude,
Pareils aux bulles d'air sur un fleuve,
Etincelant, se brisant ou emportés au loin.
Cependant ils sont immortels
Eux qui, par le portail auroral de la naissance
Et par l'abîme noir de la mort passant tour à tour, pleins de hâte,
Revêtent leur vol incessant
De l'éphémère poussière et des clartés
Qui montent autour de leurs chars en marche ;
Ils peuvent se tisser des formes toujours nouvelles,
Recevoir d'autres dieux, d'autres lois ;

Sombres ils sont, ou rayonnants, selon la robe qu'en dernier lieu
Ils jetèrent sur les ossements nus de la Mort.

Une Puissance émanée d'un Dieu ignoré,
Un Vainqueur Prométhéen parmi nous descendit;
Comme un sentier triomphal il foulait
Les épines de la mort et de l'opprobre.
L'apparence terrestre était pour lui
Comme la brumeuse vapeur
A qui l'étoile de l'aube donne une âme avec sa lumière.
L'Enfer, le Mal, l'Esclavage vinrent se coucher
A ses pieds, comme des molosses doux et domptés,
Renonçant à toute proie jusqu'au jour où le Maître s'envola.
La lune de Mahomet
S'est levée, et se couchera,
Tandis qu'armoriant le zénith immortel du ciel,
La Croix guidera vers l'avenir les générations.

Comme les formes radieuses du sommeil, rapides,
Loin de l'homme qui a pour rêves des paradis

S'envolent, alors que le malheureux s'éveille pour pleurer
Et que le jour vacillant ouvre ses yeux glauques ;
Telles, fragiles, passagères et charmantes,
Les Puissances de la Terre et de l'Empyrée
S'enfuirent devant l'étoile levante de Bethléem :
Apollon, Pan, Eros,
Et jusqu'au Zeus Olympien,
S'évanouirent sous les regards de la Vérité meurtrière.
Nos montagnes, nos mers, nos fleuves,
Dépeuplés de leurs visions,
Leurs eaux changées en sang, leur rosée en des larmes,
Pleurèrent leurs années enchantées.

(Entrent Mahmoud, Hassan, Daoud et d'autres.)

MAHMOUD.

De l'or ? encore ! Nos ancêtres l'achetaient par la victoire :
Dois-je le vendre, moi, pour la défaite ?

Daoud.

Les Janissaires
Réclament leur paye.

Mahmoud.

Va leur dire de se payer eux-mêmes
Avec du sang Chrétien. N'y a-t-il plus de vierges Grecques
Dont les cris, les spasmes et les sanglots puissent les réjouir?
Plus d'enfants d'infidèles à empaler sur leurs lances?
Plus de prêtres aux cheveux gris, après ce Patriarche
Qui lança sa malédiction contre le cœur de sa patrie
Et par elle eut le sien écrasé à son tour? Va leur dire de tuer.
Le sang est la semence de l'or.

DAOUD.

Cette graine a été semée,
Et pourtant la récolte aux moissonneurs
N'a donné qu'un épi par homme.

MAHMOUD.

                Alors prends cet anneau :
Ouvre la septième chambre, où gisent
Les trésors du victorieux Soliman,
Les dépouilles d'un empire amoncelées pour le jour de la ruine.
Esprits de mes pères! ce jour n'est-il point venu ?
Les oiseaux de proie et les loups sont gorgés et dorment :
Mais ceux dont le festin fut servi sur la rouge terre
Sont affamés d'or, qui n'emplit point. — Va les voir se repaître ;
Puis, mène-les aux fleuves de la fraîche mort.

(Daoud s'en va.)

O misérable aurore, après une nuit
Plus glorieuse que le jour qu'elle a supplanté !
O foi en Dieu ! ô puissance sur terre ! ô verbe
Du grand Prophète aux vastes ailes ombreuses
Enténébrant jadis les trônes et les idoles d'Occident,
Qui s'éclairent aujourd'hui ! en ton nom maudite soit
— Comme un père est maudit par un fils conçu dans le mal —
L'heure où la lune aurorale de l'Islam roula triomphalement
Du Caucase au blanc Céraunos.
Ruine au-dessus, anarchie au-dessous !
Terreur dehors, trahisons dedans !
Le calice de la destruction plein ! Tous
Assoiffés d'y puiser !... Et qui parmi nous ose
Se l'arracher des lèvres ? Et où donc est l'Espoir ?

HASSAN.

La lumière de notre suprématie flamboie haute encore :
Un seul Dieu est Dieu, Mahomet est son prophète !
Quatre cent mille Musulmans, des limites

De l'extrême Asie, irrésistiblement,
— Pareils à des nuages pleins, — s'amassent au cri du sirocco,
Non pour dissoudre, comme eux, leur force en larmes,
Mais portant la foudre dévastatrice, et de leur pas
Réveillant le cyclone, avides de brûler, d'engloutir
Et de régner sur les décombres. L'Olympe phrygien,
Tmolus et Latmos et Mycale se hérissent
D'armes horrifiantes, et, à cette heure même, des vaisseaux altiers,
— Pareils à des vapeurs ancrées aux parois d'une montagne, —
Chargés de feux et de tourbillons, attendent à Scala
D'être convoyés par le vent éternellement instable.
Samos est soûle de massacres ; — le Grec a payé
De pertes rapides et d'un long désespoir une victoire éphémère.
Les vils serfs Moldaves ont fui loin et vite,
Quand le féroce appel « Allah-illa-allah ! »
S'est élevé comme le cri de guerre du vent du Nord,
Qui frappe les nuages traînards et laisse un vol
De cygnes sauvages luttant avec la tempête nue.
Ainsi luttèrent les Grecs écrasés à la bataille du Danube.
Si la nuit est muette, le soleil qui renaît

Ranime les voix des oiseaux du matin ;

Et, non moins exultantes à ton ordre

Que les oiseaux épanouis au jour d'or,

Les Anarchies de l'Afrique, démuselant

Leurs cités de la mer, qui prennent à l'ouragan des ailes,

Les laissent parler leur tonnerre à l'univers révolté.

Comme des nuages de soufre à demi brisés par la tempête,

Elles balaient la pâle Egée, pendant que la Reine

De l'Océan, enchaînée sur son trône insulaire,

Au loin, à l'occident, se lamente sur ses fils

Contempteurs de la Liberté, qui te donnent à toi leur sourire.

La Russie plane encore et ressemble à un aigle qui attendrait.

Au bord d'un nuage où pendent un vautour et un héron

Entrelacés dans un combat inextricable,

Le moment de fondre sur le vainqueur ; — car elle craint

Le nom de la Liberté autant qu'elle abhorre le tien.

Mais l'Autriche mécréante t'aime, comme la tombe

Aime la peste ; — et ses lents chiens de guerre,

Pleins des viandes de la chasse, débouchant de l'Italie,

Hurlent dans leurs limites : car ils voient

La panthère Liberté rentrer à son antique gîte
Au milieu des mers et des monts, tandis qu'une portée plus puissante
L'entoure. — Quel est le despote, ayant au front la couronne
Ou la mitre, tenant un glaive ou portant la clef d'or,
Dont les amis ne sont pas tes amis, les ennemis tes ennemis?
Nos armureries et nos arsenaux regorgent !
Nos forts défient les assauts; — dix mille canons
Sont couchés en rangs sur nos plages, et, heure par heure,
Leurs roues, convulsionnant la terre, font l'effroi de la cité.
Les galops des coursiers fougueux font pâlir
Le marchand chrétien; — et le Juif jaune
Cache son trésor plus profondément dans le traître sol.
Pareille aux nues, pareille aux ombres de ces nues,
Arrive, franchissant les monts de l'Anatolie,
Rapide, par masses déployées, la cavalerie Tartare,
Balayant tout. L'étincellement lointain des lances étoilées
Réverbère la mourante lumière du jour.
Nous avons, nous, un seul Dieu, un seul maître, un espoir, une loi.
Mais l'insurrection aux mille têtes se lève,
Divisée jusque dans ses entrailles, et elle doit périr bientôt.

MAHMOUD.

Les fières paroles sont de saison quand les actes nous laissent court.
Vois, Hassan, ce croissant lunaire qui blasonne
Le drapeau déchiré de la nue en feu ;
Il mène l'arrière-garde du jour qui s'en va :
Pâle emblème d'un empire qui décline !
Regarde-le trembler dans le rouge sanglant de l'éther,
Et, comme une lampe immense dont l'huile est épuisée,
S'amoindrir au bord de l'horizon ! pendant qu'au zénith
Une seule étoile, de son insolente, de sa victorieuse clarté,
Resplendit sur ce pâlissement, et de ses rayons acérés
Comme des flèches qui traverseraient une gazelle palpitante,
Frappe à mort sa forme débile.

HASSAN.

                Et semblables à cette lune
Qui se renouvelle...

Mahmoud, *l'interrompant.*

Nous ne serons pas renouvelés.
Aujourd'hui il faudrait une autre barque — non la nôtre ! — pour
Remonter le torrent des âges qui descendent.
L'Esprit qui redresse l'esclave devant le maître
Marche à grands pas à travers les capitales des souverains armés,
Déploie son étendard jusque dans les déserts,
Exulte dans les chaînes, et, — quand tombe le révolté, —
Comme le sang d'Abel, crie de la poussière !
Et les héritiers du sol, comme des fauves frémissants,
De qui le tremblement de terre ouvre les cages, pris d'une peur stupide,
Se blottissent dans leurs antres royaux — comme moi, en cet instant !
Qu'attendre de la défaite, si la victoire déjà nous fait blémir ?
Que nous promet le danger à voir livide la sécurité ?
Le messager qui de ce fort
Insulaire dans le Danube a vu la bataille
De Bucharest, que disait-il ? que...

HASSAN.

      ... Le cimeterre d'Ibrahim
Attira du ciel par sa lueur la victoire rapide,
Pour qu'elle brûlât devant ses pas dans la nuit de la bataille.
Lumière et dévastation !

MAHMOUD.

      Oui, la journée
Fut nôtre... Mais comment?...

HASSAN.

      Les légers Valaques,
Les alliés Arnautes, Serbes et Albanais
Devant le flamboiement de notre artillerie fuyaient

Avant même que fussent tombés les carreaux de sa foudre,
Une moitié de l'armée grecque se fit un pont
De sûre et lente retraite avec les corps des Musulmans ;
L'autre...

MAHMOUD.

Parle, — ne tremble pas !

HASSAN.

                              Comme une île qu'entourent
Des myriades de flots victorieux, elle se forma en un carré vide,
Dont le front hérissé et solide à trois reprises rejeta
Le déluge de notre cavalerie écumante.
Trois fois leur coin aigu perça nos lignes.
Notre armée déroutée trembla comme un seul homme
Devant une légion et leur ouvrit l'espace, lorsque

Des montagnes voisines nos batteries s'embrasèrent à leur tour,
Les pétrissant avec du feu, avec une pluie de fer ;
Mais nul n'approchait. Enfin, telle qu'un champ de blé
Sous la faux du brun moissonneur,
Leur bande, retranchée derrière des blocs de cadavres turcs,
Se fit plus faible et plus rare. Alors le Pacha leur dit : « Esclaves,
Rendez-vous ! Ils vous ont abandonnés.
Quel espoir avez-vous de refuge, de retraite ou d'aide ?
Nous vous donnons la vie. — Donne ce qui est à toi ! »
Cria l'un, et, tombant sur son épée, il mourut.
Un autre : « Dieu et les hommes me laissent, et l'espoir !
Mais, moi, je leur reste et je me reste
Fidèle. » Il pencha la tête, et son cœur éclata.
Un troisième clama : « Il est un refuge, tyran,
Où tu n'oses poursuivre, où tu serais impuissant
Si tu poursuivais. Là, nous nous retrouverons. »
Puis il retint son souffle, et, après une courte convulsion,
L'esprit indigné rejeta son vêtement de chair
Parmi les massacrés. — Morte terre sur la terre ! —
Ainsi, chacun des survivants, par différentes routes,

Les unes étranges, toutes soudaines, aucune déshonorante,

Allèrent s'unir dans la mort triomphale. Et, tandis que notre armée

S'abattait sur eux, quand l'étonnement, l'horreur et la honte

Retenaient encore les hyènes viles de la bataille

Qui évitent les vivants et cherchent sur les cadavres leur pâture,

Une forme surgit hors du chaos des morts.

Était-ce un trépassé, que quelque esprit terrible

Des vieux messies du sol conquis par nous,

Errant près de là, suscitait dans son courroux?

L'invincible dédain de la mort brûlait-il dans cette âme? — ou la foi

Croyait-elle réaliser son propre désir... je l'ignore :

Mais cette apparition cria : « Fantômes des libres, nous venons,

Armées de l'Eternel, vous qui faites crouler

En poussière les citadelles des rois sanglants;

Qui secouez les volontés assises sur leurs cœurs de pierre

Et comme de la rosée fondez la glace ouvragée de leurs diadèmes !

O vous qui flottez autour de ce pays et tissez

La robe de gloire qui le revêt,

Vous, de qui la renommée, — même si la tombe dépositaire était

                     [infidèle à vos cendres, —

A pour sépulcre le monument de la pensée !
Progéniteurs de tout ce qui est grand encore,
Inscrivez-nous dans votre sénat radieux ! Oh ! acceptez-nous
Parmi vos hauts dignitaires, nous — vos fils,
Les premiers ! — et ensuite de plus glorieux à venir !
Quant à vous, débiles vainqueurs, géants qui pâlissez
Quand le ver que vous foulez se révolte sous l'écrasement,
Les vautours et les chiens, vos nourrissons domestiques,
Sont gavés, mais, — tels que des oppresseurs, — ne se lassent pas
De vouloir avec rage jusqu'aux restes du festin de la Destruction,
Les exhalaisons et les vents altérés
Sont affadis de sang... la rosée pue la mort ;
La lumière du ciel s'est éteinte dans les massacres. Ainsi,
En quelque lieu — sur vos camps, vos cités, vos tours, vos flottes —
Que les oiseaux obscènes jettent les débris fumants
De ces membres raidis, — sur vos sources et vos montagnes,
Sur vos champs, vos jardins et vos toits,
Partout où les miasmes peuvent ramper ou les nues voler,
La rosée tomber, et le soleil courroucé abaisser ses regards
Pleins de flammes empoisonnées, — la Famine et la Peste

Et la Panique combattront à nos côtés !
La Nature, sortant de ses frontières, s'émeut
Contre vous : le Temps nous a trouvés plus légers que l'écume ;
La Terre s'insurge, et le Mal et le Bien, se disputant
L'empire d'une humanité encore à naître,
Le jouent sur cet unique enjeu. Mais, avant que le dé soit jeté,
Le génie renouvelé de notre race,
— Le fier arbitre de cette lutte impie, — descend,
Victoire aux ailes de séraphin, chevauchant
La tempête de l'Omnipotence de Dieu,
Pour pousser toutes choses vers leur fin prédestinée,
Et vous à l'éternel oubli. » Il en aurait dit davantage.
Mais...

Mahmoud.

Il mourut — comme tu aurais dû le faire avant de dépeindre
Leur désastre avec les teintes de notre triomphe !

Crime d'un rebelle, doré par la langue d'un rebelle.
Ton cœur est Grec, Hassan.

HASSAN.

          Cela se peut.
Un esprit autre que le mien m'a tordu l'âme
Et en a fait sortir des mots que je redoute et que je hais.
Mais je mourrais pour...

MAHMOUD.

          Vis! oh! vis encore! survis-nous,
A moi et à cet empire qui croule! — Mais la flotte...

HASSAN.

Hélas!

MAHMOUD.

La flotte! qui, pareille à un vol de nuées
Chassées par l'orage, fuit devant la bannière insurgée!
Nos forts ailés, devant leurs vaisseaux marchands!
Nos légions, devant leurs bandes de pirates!
Nos armes, devant leurs chaînes! Nos années de souveraineté,
Devant leurs siècles de terreur servile!
La Mort est éveillée! Être repoussés sur les mers!
Ils ne reconnaissent plus l'étendard porte-tonnerre
De Mahomet! Mais, comme des chiens de basse race,
Ils mangent dans la main d'un étranger et déchirent celle de leur maître.

HASSAN.

Latmos, Ampelos et Phanae virent
Le naufrage...

MAHMOUD.

Les cavernes des îles Icariennes
Se le racontèrent l'une à l'autre avec des moqueries bruyantes
Aux sarcasmes de mille échos.
Et d'abord, c'était la bataille convulsionnant les flots; puis...
Oses-tu le dire, toi? Les montagnes sont insensibles !
Interprète leur voix.

HASSAN.

Etant présent, j'ai porté
Une part de la honte de cette journée. La flotte grecque,
A l'aube, cingla vers nous, du Nord, et se tint suspendue,
Aussi nombreuse sur la ligne de l'Océan,
Que des cigognes sur le vent sans nuages de la Thrace.
Notre escadre, forte de dix mille hommes,
S'étendait vers Nauplie, quand la bataille

S'alluma… —

D'abord, à travers la grêle de notre artillerie

Les barques agiles des Hydriotes, toutes voiles dehors,

Se précipitèrent : vaisseau à vaisseau, canon à canon, homme

A homme, ils s'étreignirent dans les embrassements du combat,

Que rien ne peut délier, sinon la mort ou la victoire.

L'orage furieux de la bataille bouleversait

Jusqu'à ses profondeurs de cristal cette mer immaculée,

Ebranlant au ciel la voûte des nuages vermeils du matin

Que cent îles portaient sur leurs crêtes d'azur.

Dans les pauses brèves de l'artillerie

Un cri des abattus et des destructeurs

S'éleva, et une nuée de désolation déroba

L'événement imprévu, jusqu'au moment où le vent du Nord

Surgit de l'Océan, et souleva le voile lourd

De la fumée de la bataille ; — alors : « Victoire ! victoire ! »

Car nous nous étions imaginé que trois frégates d'Alger

Descendaient de Naxos à notre aide ; mais bientôt

La Croix abhorrée brilla en avant, en arrière,

Autour et au milieu de nous ; et ce signe fatal

Sécha par ses rayons la force des cœurs Musulmans,
Comme le soleil boit la rosée. — Quoi de plus ? — Nous fuîmes !
Vers midi notre route sur l'écume sanglante
Fut illuminée (l'éclat horrible en frappa le soleil de pâleur,)
Par nos vaisseaux qui brûlaient. — La féroce lumière
Ensanglanta les ombres de nos voiles,
Et blêmit toutes les faces. Quelques vaisseaux encore
Nourrissaient le feu dévorant jusqu'au niveau des vagues !
Les uns sautèrent ; d'autres pesamment s'affaissèrent
Et sombrèrent. Et les cris de nos compagnons mouraient
Sur le vent qui nous emportait au loin, rapide,
Survivants des poitrines qui les jetaient. Neuf mille périrent.
Nous rencontrâmes les vautours, en légions par les airs,
Fendant le cours des vents empoisonnés :
Du haut de leurs pics nuageux ils criaient,
Et, descendant à travers la sulfureuse fumée de la bataille,
Ils perchaient un à un sur les cadavres sanglants que nous aimions,
Comme leur mauvais ange ou leur âme damnée,
— Les chevauchant sur les gouffres de la mer.
Nous vîmes le chien de mer se hâter à son festin.

La joie éveilla les peuplades muettes des profondeurs.
La Famine effrénée sortit de ses caves océaniques
Pour cohabiter avec la guerre, avec nous et le désespoir.
Nous rencontrâmes la nuit trois heures à l'ouest de Pathmos,
Et avec la nuit la tempête...

MAHMOUD.

C'est assez !

(Entre un Messager.)

LE MESSAGER.

                    Sublime Hautesse,
Ce chien Chrétien, l'Ambassadeur Moscovite,
A quitté la ville. Si la flotte rebelle
Eût jeté l'ancre dans le port, si la victoire

Eût couronné les légions grecques dans l'Hippodrome,
La Panique aurait été moindre. L'Obéissance et la Mutinerie,
Comme des géants qui luttent, lapidés par les astres,
Se contemplent, immobiles. — Le calme règne
A Stamboul.

MAHMOUD.

          Dans la tombe n'est-il pas plus de calme encore?
Ses ruines seront ma ruine.

HASSAN.

               Ne craignez pas le Russe :
Le tigre ne s'allie pas avec le cerf aux abois
Contre le chasseur. Rusé, vil, cruel,
Il attend, accroupi, que la proie soit tombée :
Il veut que sa réserve soit payée par le sang.

Après la guerre finie, cède au Russe obséquieux

Ce que tu ne peux retenir, la part qu'il mérite

Du sang et qui ne coulera point dans les rues et les campagnes—

Rivières et mers, larges comme celles que nous pourrions conquérir,

— Mais qui se figera dans les veines des esclaves Chrétiens.

(Entre un second Messager.)

LE SECOND MESSAGER.

Nauplie, Tripolitza, Mothon, Athènes,

Navarin, Artas, Monembasia,

Corinthe et Thèbes ont été prises d'assaut.

Tout Musulman qui engraissa ses chiens

Avec la chair des esclaves Galiléens

A été passé au fil de l'épée : la luxure du sang

Qui enivra nos guerriers s'est étanchée dans la mort ;

Mais, comme une peste ardente, elle se manifeste de nouveau

Dans des actes qui font pâlir la cause des Chrétiens
A sa propre lumière. La garnison de Patras
A des vivres pour dix jours à peine, et son seul espoir
Est dans le Britannique ; à la fois esclave et tyran,
Ses désirs sont encore plus débiles que ses craintes,
Car autrement il vendrait le peu de foi qui lui est resté
Après les serments violés à Gênes et en Norvège !
Et si vous ne l'achetez pas, votre trésorerie
Sera vide de promesses même — sa monnaie à lui !
L'affranchi d'un chef-poète de l'Occident
Tient l'Attique avec sept mille rebelles,
Et il a repoussé le pacha de Nègrepont.
Le vieil Ali siège à Janina :
C'est la métaphore découronnée d'un empire ;
Son nom, cette ombre d'une puissance détruite,
Retient encore par son prestige notre armée assiégeante,
En proie à la famine, à la peste et à l'esprit de révolte :
Lui, à l'abri des bastions de sa citadelle, contemple
Sans joie le lac de saphir qui reflète
Les ruines de la ville où il régna ;

N'ayant plus de fils et plus de sceptre. Le Grec a moissonné
La récolte — qui a tant coûté et que son propre sang a mûrie —
Au lieu de l'ensemenceur, Ali, — qui vient d'acheter une trêve
D'Ypsilanti, au prix de dix charges de chameau
D'or indien !

(Entre un troisième Messager.)

MAHMOUD.

Quoi encore ?

LE MESSAGER.

Les tribus Chrétiennes
Du Liban et des déserts Syriens
Se sont levées : Damas, Alep, l'Hémus
Tremblent ; l'Arabe menace Médine ;

L'Ethiopien s'est retranché dans le Sennaar
Et tient en respect les rebelles d'Egypte,
Qui refusent leur hommage et réclament l'investiture
Pour prix de leur aide tardive. La Perse demande
Les cités sur le Tigre, et les Géorgiens
Détiennent leur tribut vivant. La Crète et Chypre,
Comme des rocs jumeaux qui des veines l'un de l'autre
S'infusent le feu volcanique et le spasme du tremblement de terre
Sont secoués par la fièvre universelle. A travers la cité,
Tels que des oiseaux avant l'orage, crient les Santons,
Et des prophéties horribles et nouvelles
Circulent dans la foule ; cette mer d'hommes
Silencieusement dort, sans haleine, sur les décombres qu'elle a faits.
Un Derviche, versé dans le Koran, prêche
Qu'il est écrit que les crimes de l'Islam
Doivent susciter aujourd'hui un exterminateur.
Les Grecs attendent de l'Occident un Sauveur,
Qui ne viendra pas, disent-ils, dans la nuée et dans la gloire,
Mais dans l'omniprésence de cet Esprit
Par lequel tous vivent et sont. Des signes fatidiques

Sont largement blasonnés sur le zénith du ciel.

On a vu une croix rouge empreinte sur le soleil :

Il a plu du sang ; et des naissances monstrueuses

Déclarent le courroux secret de la Nature et de son Seigneur.

L'armée campée au bord du Cydaris

Fut éveillée la nuit dernière par l'alarme du combat,

Et vit deux bataillons aux prises dans le ciel —

Les ombres, sans doute, des temps encore à naître

Jetées sur le miroir de la nuit. Pendant

Que la lutte restait indécise, une rafale souffla

Qui balaya les fantômes d'entre les étoiles.

A la troisième garde, l'Esprit de la Peste

Fut entendu au large, faisant claquer les toiles des tentes.

Ceux qui relevaient les sentinelles les trouvaient mortes ;

Les dernières nouvelles du camp disent que mille hommes

Sont tombés malades, et...

(Entre un quatrième Messager.)

MAHMOUD.

Et toi, spectre pâle, ombre éteinte
De quelque rumeur néfaste, parle.

LE QUATRIÈME MESSAGER.

Un homme me suit
Mourant de lassitude, couvert de sang et d'écume :
Il était debout, dit-il, sur le sommet du promontoire
Des Chélonides, d'où l'on domine les îles qui gémissent
Sous le joug du Britannique et toute l'étendue des vagues
Palpitantes, en ce moment-là, sous la splendeur de la lune ;
Et, à mesure que les nues errantes voilaient ou dévoilaient
Son incommensurable clarté, il vit deux flottes ennemies se mouvoir,
Grandioses, à travers la nuit, dans les scintillements de l'horizon.
Leurs tonnerres furieux, leurs lueurs de soufre se mêlaient

A la fumée étouffant chaque brise naissante

Qui berçait les nuages argentés dans le profond éther.

Enfin, la bataille s'assoupit. Mais le Sirocco

S'éveilla et pourchassa son troupeau de nuages fulminants

Par delà la ligne extrême de la mer, effaçant une à une

Les formes. — Toutefois, dans une pâle éclaircie lunaire,

Ce témoin vit ou rêva qu'il vit l'amiral Turc,

Et deux de nos plus grands vaisseaux de guerre

Qui portaient la rayonnante image de la Reine du Ciel,

Renversée et, de douleur peut-être, cachant sa face ;

Et la Croix abhorrée...

(Entre un Serviteur.)

Le Serviteur.

Sublime Hautesse,

Le Juif qui...

MAHMOUD.

Ne pouvait pas venir plus à propos.
Dis-lui d'entrer. —Je n'entendrai plus rien ! Depuis trop longtemps
Nous contemplons le danger à travers la brume des terreurs
Et nous multiplions avec nos espoirs dévastés
Les images de notre ruine. — Vienne que pourra !
Nos lendemains et nos surlendemains ressemblent à des lampes
Dressées sur notre route pour nous éclairer jusqu'à l'extrême bord
A travers les tourmentes et les accalmies. Et nous ne pouvons souffrir
Rien d'autre que ce que nous inflige Celui dans la main de qui nous sommes.

PREMIER DEMI-CHŒUR.

Que ne suis-je la nue ailée,
Ou l'orage terrible et rapide !
Je dédaignerais
Le sourire de l'aube,

Et le flot où naît la clarté de la lune.
        Je laisserais
        Les Ames vespérales
Tisser un linceul au cadavre du Jour
        Avec d'autres fils que les miens !
Ah ! se jouer dans le bleu divin des midis !
        Qui le voudrait? Pas moi.

SECOND DEMI-CHŒUR.

Où fuir?

PREMIER DEMI-CHŒUR.

Où les rocs qui ceignent la mer Egée
Répètent les échos des pæans de bataille

Des hommes libres,
Je fuirais,
Orageux héraut de la victoire ?
Ma pluie d'or
Sur les morts de la Grèce
Se mêlerait aux pleurs de l'abîme sanglant,
Et le tonnerre de mon tocsin
Sonnerait au monde le glas
De la tyrannie !

SECOND DEMI-CHŒUR.

O roi ! peux-tu mettre aux fers
L'orage et la foudre ?
Enchaîneras-tu l'éclair et l'ouragan ?
Les tempêtes sont libres ;
Mais nous...

CHŒUR.

Esclavage ! ô glace mortelle sur le printemps du monde
   Qui tues ses fleurs, qui épargnes ses épines nues !
Ton souffle sur ces membres a mis le sceau du crime.
   Ces fronts portent ta couronne infamante !
      Mais le cœur révolté et l'âme impassible
      Dédaignent ta servilité !

PREMIER DEMI-CHŒUR.

« Que la lumière soit ! » a dit la Liberté ;
Et pareille au soleil hors des flots,
Athènes s'éleva ! Autour d'elle surgissant
Tels que des monts à l'aurore, rayonnèrent
Des Etats glorieux. — Sont-ils donc, à cette heure,
Cendres, décombres et néant ?

SECOND DEMI-CHŒUR.

Va

Où Thermae et l'Asopus engloutirent
    La Perse, comme le sable fait de l'écume.
Il s'ensuivit déluge sur déluge :
    La Discorde, la Macédoine, puis Rome,
Enfin toi !

PREMIER DEMI-CHŒUR.

    Temples et tours,
    Cités et marchés, avec ceux
Qui y vivent et qui y meurent, étaient à nous,
    Peuvent être à toi, et doivent périr.
Mais la Grèce et ses fondations
Ont leurs bases au-dessous des marées de la guerre
Sur la mer translucide

De la pensée et de l'Eternité.

Ses citoyens, esprits souverains,

    Régissent le présent par le passé ;

Sur tout cet univers, héritage de l'homme,

    Ils ont mis leur sceau.

SECOND DEMI-CHŒUR.

          Entendez-vous l'éclat

Trépidant des tonnerres orphiques

Qui relèvent ses murs Titans ?

Leur appel, qui secoue les os sans moelle

    De l'Esclavage ? Argos, Corinthe et la Crète

Ecoutent, et de leurs trônes montagneux

    Les démons et les nymphes répètent

L'harmonie.

PREMIER DEMI-CHŒUR.

J'entends! j'entends!

SECOND DEMI-CHŒUR.

L'aveugle conducteur des mondes,
La Destinée, passe en fuyant!
     Quelle foi s'écroule, quel empire saigne
     Au pas de ses coursiers éveillant les cyclones?
     Quelle Victoire aux ailes d'aigle siège
     A sa droite? Quelle ombre plane
       Devant elle? Quelle splendeur se déroule derrière elle?
     La Ruine et la Rénovation clament :
     « Qui donc est-ce, si ce n'est nous? »

Premier demi-chœur.

J'entends! j'entends!
Un sifflement pareil au vent qui se lève,
Les rauques cris d'un océan écumeux,
L'ébranlement d'une trombe qui vient...
J'entends! j'entends!
Le fracas d'un empire croulant,
La clameur d'un peuple affolé :
« Miséricorde! miséricorde! » Oh! qu'elle est perçante !
Puis un cri : « Tue! tue! tue! »
Et puis une douce et faible voix, ainsi...

Second demi-chœur.

Car
La Vengeance et le Mal mettent bas leurs pareils :

Leur portée est hideuse comme eux !
Leur tanière est dans l'âme coupable ;
La Conscience les nourrit de désespoir.

PREMIER DEMI-CHŒUR.

Dans Athènes sacrée, près du sanctuaire
      De la Sagesse, se dressait l'autel de la Pitié.
Ne servez pas en vain le Dieu inconnu,
Mais offrez encore à cet autel brisé
      Amour pour haine et larmes pour sang.

(Entrent Mahmoud et Ahasvérus.)

MAHMOUD.

Tu es un homme, dis-tu, comme nous ?

AHASVÉRUS.

Rien de plus.

MAHMOUD.

Mais au-dessus de tes frères mortels, élevé
Par la pensée, comme moi par la puissance.

AHASVÉRUS.

Tu le dis.

MAHMOUD.

Tu es un adepte de cette science ardue,
La philosophie des Grecs et des Francs. Tu dénombres

Les fleurs, tu mesures les étoiles;
Tu sépares les éléments des éléments;
Ton esprit est présent dans le passé; il voit
La naissance de ce vieux monde à travers tous ses cycles
De désolation et de beauté,
Et quand l'homme n'était pas, et comment l'homme devint
Le monarque et l'esclave de cette basse sphère
Et de tous ses cercles étroits. — C'est beaucoup.
Je t'honore et voudrais être toi,
— Si je n'étais ce que je suis. — Mais l'heure encore à naître,
Couvée par la terreur et l'espoir, ces tempêtes ennemies,
Qui la dévoilera? Ni toi, ni moi, ni personne
De puissant ou de sage. — Je n'appréhende point
Ce que tu m'affirmes, mais je m'aperçois à présent
Que tu n'es pas un interprète de songes;
Tu n'avoues pas que cet art, cette divination, ce dieu,
Puisse faire de l'avenir le présent. Laisse-le venir!
Au surplus, nous et les nôtres, tu nous dédaignes!
Tu es pareil à Dieu que tu contemples!

AHASVÉRUS.

Moi, te dédaigner? pas même le ver sous mes pieds!
L'Insondable prend soin des plus infimes choses
Que tu puisses rêver : il fit l'orgueil pour ceux
Qui voudraient être d'autres ou paraître
Ce qu'ils ne sont point. Sultan! ne parle plus
De toi, de moi, de l'avenir ou du passé ;
Mais fixe tes regards sur ce qui ne change point : l'Unique,
L'Incréé, l'Immortel. — La Terre et l'Océan,
L'Etendue, les îles de vie et de clarté qui constellent
Les torrents de saphir des espaces interstellaires,
Ce firmament — le dôme du chaos —
Avec toutes ses torchères de feux immortels
Et dont les enceintes extrêmes, imprenables bastions,
Fermés à l'évasion des plus audacieuses pensées, les refoulent,
Comme Calpé les nuées de l'Atlantique, — ce Tout
Des soleils, des mondes, des hommes, des bêtes, des plantes,
Et tout le travail muet ou tumultueux

Pour lequel ils ont été, sont ou cesseront d'être —
N'est qu'une apparence. Tout l'héritage de la Création
N'est rien que taches d'un œil malade, bulles vides ou rêves
Ayant notre pensée pour berceau et pour tombe ! et pareillement,
Les temps à naître et les temps écoulés sont les ombres vaines
Du vol éternel de la pensée. — Ils n'ont pas de substance :
Rien n'est que ce qui se sent être.

MAHMOUD.

Que veux-tu dire ? Tes paroles roulent comme une avalanche
De brume éblouissante dans mon cerveau. — Elles émeuvent
Le sol où je marche et planent comme la Nuit
Au ciel sur ma tête. — A quoi servent-elles ?
Elles jettent sur toutes choses, les plus sûres, les plus claires,
Le doute, l'étonnement, l'insécurité.

AHASVÉRUS.

Ne t'y trompe pas! tout est dans un :
La forêt de Dodone est à la coupe d'un gland
Ce que les choses qui furent ou qui seront sont à ce qui
Existe, l'absent au présent. La Pensée
Seule et ses éléments vivants, — la Volonté, la Passion,
La Raison, l'Imagination, — ne peuvent mourir.
Ils sont ce que semble être ce qu'ils perçoivent,
La matière même dont la Mutabilité incessante peut tisser
Toutes choses sur quoi elle domine, les mondes, les vers de terre,
Les empires, les superstitions. La Pensée,
Qu'a-t-elle à faire avec le temps, les lieux, les circonstances?
Voudrais-tu contempler l'avenir? Tu n'as qu'à demander, et tu auras;
Qu'à frapper, et l'on t'ouvrira. — Regarde, et vois! —
L'âge qui vient projette son ombre sur le passé,
Comme sur un miroir.

MAHMOUD.

Sauvages et plus que sauvages sont les pensées
Qui soulèvent mon âme! Mahomet Deux
Ne prit-il point Stamboul?

AHASVÉRUS.

Désires-tu demander à cet Esprit géant
Les destinées écrites sur ta Maison et sur ta Foi?
Tu voudrais citer quelqu'un hors de la tombe, pour nous dire
Comment ce qui naquit dans le sang doit mourir!

MAHMOUD.

　　　　　　　　　　Tes paroles
Ont une puissance sur moi! Je vois...

AHASVÉRUS.

Et qu'entends-tu ?

MAHMOUD.

Un murmure lointain. — Terrible silence !

AHASVÉRUS.

Après ?

MAHMOUD.

Un bruit…

Comme l'assaut d'une impériale cité,
L'haleine sibilante d'un inextinguible brasier,

Les rugissements de canons énormes, la terre qui frémit
Sous la chute de vastes créneaux et de tours vertigineuses,
Le choc de roches lancées par d'étranges engins,
Le fracas des roues, le cliquetis des sabots acérés,
Et l'airain résonnant des armures qui s'écroulent
Comme une montagne de diamant, et les éclats fous
Des clairons, le hennissement des coursiers furieux,
Les hurlements de femmes, dont la vibration rebrousse le sang,
Et, plus horrible que tout, le rire suave et doux
D'un enfant qui s'éveille et joue
Sur le sein de sa mère morte ! — A présent, plus fort
S'enflent les cris de guerre mêlés. — Ah ! n'entends-je point :
« Ἐν τούτῳ νίκη » — « Allah-il ! Allah-ha ! »

AHASVÉRUS.

La brume de soufre s'est levée. — Tu vois...

Mahmoud.

                     Un précipice
Comme entre deux montagnes. Dans les murs de Stamboul,
Et debout sur la brèche béante, les Musulmans,
Tels que des Titans sur les ruines d'un monde,
Se dressent dans les flammes de l'aurore. — Dans la poussière
Scintille un diadème sans tête, et un homme
Au port de roi s'est précipité
Au plus fort de la bataille. — Un autre, superbement vêtu
Dans une armure d'or, éperonne un barbe Tartare qu'il pousse
A travers l'écartement des deux murs, et de sa massue de fer
Dirige le flux montant de cette marée humaine.
Il semble être... il est Mahomet !

Ahasvérus.

                  Ce que tu vois
N'est que le fantôme de ton Rêve oublié —
Un Rêve, par lui-même, mais moins peut-être

Que ce que tu nommes Réalité. — Tu peux contempler
Comment les cités qui sont les trônes de l'Empire endormi
Courbent leurs tours crénelées devant l'éternelle Inconstance.
Soutenu par le flot des destins sur les sommets que tu occupes,
Tu peux apprendre aujourd'hui jusqu'où la haute marée du pouvoir
Retombe dans ses dernières profondeurs. — Héritier de la gloire
Conçu dans les ténèbres, né dans le sang, nourri
De larmes et de labeurs, vois les spasmes mortels
De ceux dont l'origine a été la tienne. Le passé
A cette heure se dresse devant toi comme l'incarnation
De ce qui doit venir ; pourtant, si tu souhaites t'entretenir
Avec cette partie de toi-même, qui exista avant
Que tu fusses entré dans cette brève carrière dont le but est la mort,
Dissous, par la même foi puissante et la ferveur passionnée
Qui des gouffres incréés le fit surgir,
Cet orage de guerre avec ses fantômes tumultueux
De mort furieuse ! — et par ton inéluctable volonté
Appelle ici l'Ombre Impériale.

(Le Fantôme de Mahomet II apparaît.)

MAHMOUD.

Approche !

LE FANTÔME.

                                        Je viens
Des lieux où tu iras. La tombe est plus prompte
A prendre les vivants qu'à rendre les morts ;
Mais ta foi a prévalu, et je suis devant toi.
Les lourds débris du pouvoir qui tomba
Quand je m'élevai, pareils à des pans de rocs et à d'informes nuages,
Pendent de mon trône sur l'abîme, et la voix
D'étranges lamentations berce mon suprême repos,
Pleurant une gloire qui ne reviendra plus.
L'empire qui naquit depuis branle en sa décrépitude.
L'automne d'une foi plus verte est venu ;

Et le changement aux dents de loup, pareil à l'Hiver, hurle
Du désir d'arracher le feuillage où la Gloire, cet aigle, a bâti
Son aire, pendant que la Tyrannie mettait bas au-dessous.
L'orage est dans ses branches, les frimas
Sur ses feuilles, et le glauque abîme guette
Oubli sur oubli, dépouille sur dépouille,
Ruine sur ruine. Tu es lent, mon fils.
Les despotes du monde plutonien gardent
Un trône pour toi, autour duquel ton empire t'attend,
Sans bornes, sans voix ; pour sujets tu auras,
Comme nous, les esprits des vies détruites
Et ces fantômes des forces qui t'oppriment aujourd'hui,
Les passions révoltées, les terreurs en conflit,
Les espoirs qui se sont rassasiés de poussière, puis sont morts !
Dépouillés alors de leur force vitale — comme toi.
L'Islam doit tomber ; mais nous régnerons ensemble
Sur ces décombres, dans le royaume de la Mort.
Et si le tronc est sec, la semence encore
S'épanouira dans une forme
Qui, décomposée, va engendrer ce qui naît ! — Malheur ! malheur

Au peuple débile qui se tord dans l'enchevêtrement
Des spasmes de sa suprême agonie !

MAHMOUD.

                              Spectre, malheur à tous !
Malheur à l'outragé, comme au justicier ! Malheur
Aux écrasés, malheur à ceux qui écrasent !
Malheur aux dupés et malheur à ceux qui déçoivent !
Malheur à l'opprimé et malheur à qui opprime ! Malheur
A ceux qui souffrent, comme à ceux qui infligent la souffrance !
A ceux qui sont nés et à ceux qui mourront ! Mais dis,
Ombre Impériale de la chose que je suis,
Comment, quand et par qui la Destruction
Consommera son œuvre. —

LE FANTÔME.

                    Demande à l'Heure pâle et froide,
Riche en retours de la Mort imminente,

Quand doit tomber celui sur les cheveux gris de qui
Siègent la douleur et l'angoisse et l'infirmité, —
Poids que le Crime, aux ailes par les ans empennées,
Dans son vol d'un cœur ravagé à l'autre, laisse amasser
Au-dessus de la tête des hommes, et qui
Les courbe jusqu'à leur tombe ! Pauvre naïf celui
Qui s'appuie sur sa béquille et parle d'années à venir !
Et rêve comment dans les heures d'une jeunesse renouvelée
Il renouvellera ses joies perdues ! et comme...

VOIX DU DEHORS.

                                        Victoire ! victoire !

(Le Fantôme disparaît.)

MAHMOUD.

Quel bruit de l'importune terre a troublé
Mon extase redoutable.

Voix du dehors.

Victoire ! victoire !

Mahmoud.

Faible éclair avant les ténèbres ! Pauvre et blême sourire
De l'Islam mourant ! Voix qui es la réponse
Du vide et de l'impuissance ! — Suis-je éveillé ? suis-je vivant ?
Fut-il de pareilles choses ? ou se peut-il que le cerveau inquiet,
Troublé par le verbiage insensé et profond du vieux Juif
Se soit enfanté à lui-même ces ombres de sa terreur ?
Il n'importe ! — Car rien de ce que nous pouvons voir ou rêver,
Attendre, posséder ou perdre ne peut valoir plus
Que cela ne donne ou n'enseigne. — Arrive ce qui pourra !
Il faut que l'avenir devienne le passé, et que moi
Je sois pareil à ceux pour qui, jadis, l'heure à présent existante,
— Ce récif ténébreux des Temps, auquel je m'accroche aujourd'hui,

Semblait une île Elyséenne de joie et de repos,
A jamais inaccessible. — Je réprimerai
L'ivresse de leur triomphe avant même qu'il soit éteint,
Et qu'il apporte, en s'éteignant, le désespoir ! Esclaves infortunés !

(*Mahmoud sort.*)

VOIX DU DEHORS.

Mêlez vos cris à l'allègresse de la mort ! Les Grecs
Sont comme une portée de lions pris dans un filet
Et autour de qui les Chasseurs royaux de la terre
Sont debout, souriants. — Despotes, vous qui pour pain quotidien
Avez les malédictions, les sanglots, l'or, ce fruit du meurtre,
Depuis Thulé jusqu'à la ligne qui ceint la terre —
Accourez, festoyez ! La table gémit sous la chair des hommes,
La coupe écume du sang d'une nation.
La Famine et la Soif attendent. Mangez, buvez et mourez !...

PREMIER DEMI-CHŒUR.

Le Mal victorieux — de son cri de vautour —
Salue le soleil levant, poursuit le jour qui fuit ;
Je l'ai vu, funèbre comme un rêve de tyran,
Percher sur la pyramide tremblante de la nuit,
— Tente couvrant la terre et ses royaumes étalés
Dans les visions de l'aube de l'Infélicité.
Qui arrêtera son vol !
Qui lui prendra sa proie ?

VOIX DU DEHORS.

Victoire ! victoire ! De la Russie les aigles faméliques
N'osent point s'assouvir sous l'éclat du Croissant.
Empalez ce qui reste des Grecs ! Dépouillez !
Violez ! Que leur chair soit moins que la poussière !

SECOND DEMI-CHŒUR.

O voix! qui es
Le héraut du Mal sous la splendeur caché!
Écho du vide cœur
De la Monarchie, emporte-moi dans ton séjour,
Pendant que la désolation éclate sur un univers effondré!
Emporte-moi vers ces îles de nues déchiquetées
Qui flottent comme des blocs sur les cataclysmes
Parmi les blafards océans d'éclairs instantanés!
Emporte-moi sur quelque pic vertigineux, sublime,
Que la tempête amoncelle, et dont la noire masse
Fendue surplombe les intenses, les jaillissantes sources
Des déluges de flammes teintes d'aurore…
Avant que leurs vagues expirent,
Quand le ciel et la terre en feu s'allument
Aux foudres de la nuit!

Voix du dehors.

Victoire ! victoire ! L'Autriche, la Russie, l'Angleterre,

Et ce serpent vaincu, cette ombre débile, la France,

Crient : « La paix ! » Et la paix, c'est la mort dans la bouche des rois.

Holà ! Des torches ici ! aiguisez ces rouges pieux !

Ces fers sont légers : ils suffiraient à des esclaves, à des empoisonneurs…

Non à des Grecs ! Tuez ! pillez ! brûlez ! que pas un ne survive !

Premier demi-chœur.

Malheureuse la Liberté !

Si l'or, le nombre, les décevantes années,

Si les destins maîtrisent les cœurs libres ! —

Malheureuse la Vertu ! si

Les tourments, ou l'insulte et les railleries

De juges aux arrêts fallacieux

Brisent l'âme où elle a son séjour.

Malheur ! si l'Amour, dont le sourire fait splendide notre monde obscur,

A l'inconstance de nos jours faux et de nos marées !
De nos espoirs, de nos terreurs ! —
Malheureux l'Amour !
Malheur sur toi, Vérité ! qui erres seule et désertée,
Si tu peux voiler ton miroir qui consume le mensonge
Devant les yeux éblouis de l'Erreur.
Malheur sur toi ! — image du Très-Haut ! —

SECOND DEMI-CHŒUR.

La Défaite farouche avec ses plumes à la conquête arrachées
Guida les Dix Mille, depuis les limites de l'Aurore,
A travers plus d'un empire hostile :
Jusqu'au jour où, avec des sanglots, ils s'écrièrent : La mer ! la mer !
Dans l'exil, la proscription, la désespérance,
Rome a été ce que deviendra la jeune Atlantide,
— L'étonnement, la terreur, la tombe
De tous ceux aux pas de qui le pouvoir engourdi s'éveille dans

[sa tanière sauvage]

Mais la Grèce était comme un enfant du désert,
          Dont les plus suaves pensées et les membres furent moulés
Dans son épanouissement de femme par des rêves si doux
          Qu'elle ignora toujours la douleur et le crime.
Et maintenant... O Victoire, rougis ! Puissances, tremblez
          De trahir les champions de la Liberté !
                    Si la Grèce doit
Naufrager, ses épaves de nouveau s'agrégeront
Et, reconstituées, indestructibles surgiront,
          Dans un climat plus divin,
Au son des lyres d'Amphion, ou comme quelque roc sublime
          Qui, formidable, menacerait la vaine écume des Temps.

PREMIER DEMI-CHŒUR.

Que les tyrans règnent sur le désert qu'ils ont fait !...
          Que les libres possèdent le paradis de leurs rêves,
Que la fortune de nos oppresseurs féroces soit pesée
          A la balance de nos désastres, de notre lutte, de notre nom !

SECOND DEMI-CHŒUR.

Leur pourriture aura pour semence nos morts,
     Nos survivants seront les ombres de leur orgueil,
Notre malheur un songe qui fuira,
     — Leur déshonneur une éternelle mémoire.

VOIX DU DEHORS.

Victoire! victoire! Le Breton mercenaire envoie
Les clefs de la mer au Musulman!
En ce jour pâlira la splendeur de la Croix;
Et l'art d'Albion, dirigeant la puissance Ottomane,
Frappera de sa foudre la rebelle Victoire! Oh! sanctifiez
Cette orgie de sang non vengé,
Tuez! écrasez! pillez! que pas un Grec n'échappe!

PREMIER DEMI-CHŒUR.

Les Ténèbres à l'Orient
      Montent au Zénith des âges :
Les oiseaux de mort descendent à leur festin
      Des sommets de la Famine.
Que la Liberté et la Paix fuient au loin
      Vers des plages plus ensoleillées,
Et suivent l'étoile levante de l'Amour
      Aux contrées du Soir.

SECOND DEMI-CHŒUR.

   La jeune lune a nourri
      Sa corne épuisée
         Avec le feu du soleil couchant ;
   Le jour débile est mort,
      Mais la nuit n'est point née !

Et semblable à la beauté qui palpite de désirs fougueux,
Tremblante de terreur et de délices,
Hespérus fuit devant l'ombre qui s'éveille,
Dans un scintillement rapide de clartés
Rayonnantes et douces.
O phare d'amour ! ô lampe des âmes !
Guide-nous loin, bien loin, —
Vers des climats où, éclipsé à cette heure par l'ardeur du jour,
Tu te dérobes
Aux vapeurs sur lesquelles midi lassé
S'évanouit dans une langueur d'été —
Parmi des continents sans rois, innocents comme l'Eden,
Autour de montagnes et d'îles inviolablement
Enchâssées dans la mer de saphir.

PREMIER DEMI-CHŒUR.

Dans le crépuscule de l'espoir,
Telles que les formes d'un rêve,

Quelles îles de gloire resplendissent comme un paradis ?
Sous le large dôme du ciel,
Leurs ombres plus claires flottent et passent.
La rumeur de leurs océans, la lumière de leurs cieux,
L'harmonie et la fragrance qu'exhalent leurs solitudes, éclatent
— Comme l'aube sur un sommeil, comme le ciel sur la mort, —
A travers les murs de nos prisons ;
Et la Grèce morte s'est levée.

CHŒUR.

Du monde l'âge de gloire revient,
Les années d'or renaissent,
La terre, comme un serpent, rejette
Sa robe usée de l'hiver ;
Le ciel sourit, et les Cultes et les Empires
Vacillent dans l'écroulement d'un rêve qui se dissout.

Une plus sublime Hellas élève au ciel ses crêtes,
    De flots bien plus sereins ;
Un Pénée nouveau roule ses sources jaillissantes
    Jusqu'à l'astre du Matin.
Où s'épanouit une Tempé plus belle,
Les jeunes Cyclades se bercent sur l'abîme rayonnant.

Un plus altier Argo fend l'infini des vagues
    Chargé d'un plus récent trésor...
Un autre Orphée rechante encore...
    Il aime... il pleure... il tombe...
Ulysse, une autre fois, délaisse Calypso
Pour gagner sa plage natale.

N'écrivez plus les fastes de Troie,
    Puisque la terre n'est qu'une page de la Mort
Ne mêlez plus la rage Laïenne à l'aurore
    Des joies de la Liberté...

Quand même un Sphinx bien plus subtil dirait
Des énigmes de mort que Thèbes ignora.

Une autre Athènes surgira…
        Et à des temps futurs
Léguera, comme un soleil après lui dans les nues,
        La radiance de son aurore;
Nous laissant, puisque rien d'aussi beau ne peut vivre,
Tous les dons de la terre, tout l'héritage du ciel.

Saturne et l'Amour de leur long repos
        Surgiront, plus clairs et plus hauts
Que tous ceux qui tombèrent, que le Seul qui monta,
        Que bien d'autres jamais domptés.
Ni l'or ni le sang ne parent leurs autels,
Mais des larmes votives et des fleurs symboliques.

Oh! par grâce! La Haine et la Mort doivent-elles revenir?

Arrêtez ! Faut-il que les hommes tuent ou périssent ?
Arrêtez ! N'épuisez pas jusqu'à la lie cette coupe
De prophétie amère !
Le monde est las de tout le vieux passé :
Oh ! ne peut-il mourir ou reposer enfin !

FIN

A PARIS

DES PRESSES DE D. JOUAUST ET J. SIGAUX

Imprimeurs brevetés

RUE SAINT-HONORÉ, 338